이 시를 그때 읽었더라면

가만히 외우고 싶고 베끼고 싶은 65편의 시

안도현 엮음

모악

시를 읽는 일로
생을 통과하고 있는 사람이 시인이다

시를 꾸준히 읽으면서도 시인이 아닌 사람이 있다고 치자. 그리고 시를 거의 읽지 않으면서도 시인이라는 말을 듣고 싶어 하는 사람이 있다고 치자. 이 둘 중에 누가 더 진정으로 시인에 가까운 사람일까? 나는 남의 시를 읽지 않는 시인을 시인으로 생각하지 않는다. 그런 사람은 어떤 허영에 갇혀서 시인으로 행세하고 싶을 뿐이다. 그런 시인의 시는 그 누구의 마음 한쪽도 적시지 못한다. 시를 쓰지 않지만 시를 읽는 일로 생을 통과하고 있는 사람이 있다면 그가 훨씬 시인에 가깝다. 그는 세상의 모든 말과 우주의 예사롭지 않은 기미를 날카롭게 알아챈다. 그는 좋은 말 한 마디, 빛나는 문장 하나를 품고 있어도 하루 종일 외롭지 않다. 그는 풀잎 하나 흔들리는 걸 보고도 몸을 떤다.

여기 소재를 발효시킨 후 언어의 체로 걸러낸 65편의 시들이 있다. 하나같이 섬세하고 가무스름하고 당당하고 쌉쌀하고 여릿여릿하다. 시를 수록하도록 허락해준 시인들과 마음이 따스해지는 그림들을 기꺼이 보태주신 신철 화백께 감사를 드린다.

2019년 2월

안도현

문득

저렇게,

있어도 좋고

없어도 무방한

것이

내 안에 또한 아득하여

젓갈

이대흠

어머니가 주신 반찬에는 어머니의
몸 아닌 것이 없다

입맛 없을 때 먹으라고 주신 젓갈
매운 고추 송송 썰어 먹으려다 보니
이런,

어머니의 속을 절인 것 아닌가

젓갈은 어패류의 몸을 소금에 오래 삭힌 것. 이 시의 젓갈은 멸치젓이거나 갈치속젓일 것이다. 남도의 바닷가에서 나는 전어속젓일 수도 있겠다. 원래 물고기의 형체는 거의 사라지고 비릿한 냄새와 짠맛만 남은, 거무튀튀하고 질척하고 때로는 달달한 젓갈 말이다. 젓갈에서 어머니의 몸을 발견하는 순간, 이런, 시는 순식간에 짠해지는 어떤 공간 속으로 독자를 데려간다. 오랜 시간 간장이 짓물러지도록 살아온 어머니와 그 어머니의 속을 태우며 살아온 화자의 모습이 이 짧은 시 속에 다 들어 있다. 우리는 시가 반성의 양식이라는 걸 여기서 다시 한번 확인하게 된다. 그래서 젓갈 때문에 잠시 숙연해지는 것이다. 우리는 우리의 속을 절여 누구에게 한 번이라도 건네줘 보았나.

가을 소묘

함민복

고추씨 흔들리는 소리

한참 만에

에취!

바싹 마른 고추가

바싹 마른 할머니를 움켜쥐는 소리

더는 못 참겠다는 듯

마당가 개도

취이!

마주 보는 주름살

다듬는

세월

할머니가 마당가에 쪼그리고 앉아 고추를 말리고 있다. 잘 익은
붉은 고추에 가을볕을 골고루 발라주려고 손으로 헤치고 있다.
적어도 사나흘은 말렸을 것이다. 시인은 그때 바짝 마른 고추씨가 고시
랑 고시랑 흔들리는 소리를 듣는다. 시인의 귀는 얼마나 밝고 명민한
가. 한없이 가벼워진 고추가 할머니를 움켜쥘 수 있는 것은 할머니의
몸도 이미 한없이 가벼워졌기 때문이다. 마른 고추와 할머니가 동일한
인격체가 되는가 싶더니 마당가 개도 재채기를 통해 현장에 끼어든다.
고추도 개도 할머니도 주름살로 하나가 된다. 주름살은 세월의 고랑에
새겨진 호미자국이다. 주름을 다듬는다는 것은 시간을 함께 견디는 일
이다.

메꽃

뒤뜰 풀섶
몇 발짝 앞의 아득한
초록을 밟고
키다리 명아주 목덜미에 핀
메꽃 한 점
건너다보다

문득
저렇게,
있어도 좋고
없어도 무방한
것이

내 안에 또한 아득하여,

키다리 명아주 목덜미를 한번쯤
없는 듯 꽃 밝히기를
바래어 보는 것이다

메꽃과 나팔꽃을 구별하지 못하는 사람을 나는 별로 좋아하지 않는다. 나팔꽃은 외국에서 들어온 꽃이지만 메꽃은 우리나라 산천 어디에서나 스스로 자란다. 나팔꽃 잎사귀는 둥근 하트 모양이지만 메꽃 잎사귀는 길쭉한 쟁기처럼 생겼다. 들길에서 나팔꽃과 비슷한 연분홍 꽃을 만났다면 메꽃이라고 보면 된다. 시집살이로 고생하는 며느리를 "기름진 밭에 메꽃 같은 며느리"로 위로하는 조선시대 시조도 있다. 유홍준 교수는 『나의문화유산답사기』에서 가장 좋아하는 꽃으로 메꽃과 호박꽃을 들기도 했다. 키 큰 명아주 줄기를 타고 메꽃이 한 송이 불을 밝혔다. 그 존재는 있어도 좋고 없어도 무방한, 참으로 아득한 것이다. 무욕무취의 세계는 메꽃을 닮았다. 있는 듯 없는 듯 사랑하기란 쉽지 않다.

우는 손

유홍준

오동나무 밑을 지나가는데 아이 하나가 다가온다

동그랗게 말아 쥔 아이의 손아귀에서

매미 울음소리가 들린다

애야 그 손

풀어

매미 놓아주어라

그렇게 하지 않으면 너 평생 우는 손으로 살아야 한단다 매미는 울음소리로 자신의 일생을 문지른다. 일생이라고 해봐야 열흘 남짓이다. 우는 것으로 구애를 하는 놈은 수컷이다. 울음으로 암컷을 유혹하는 것이다. 아이의 손아귀에서 우는 매미의 울음소리는 유혹이 아니라 조난신호다. 아이에게 매미는 신기한 놀이지만 매미에게 아이는 저승사자다. 시인은 매미를 놓아달라고 점잖게 요청한다. 5행의 '풀어'는 단 두 글자인데 매미라는 미물을 속박에서 해방시키는 무시무시한 힘을 발휘한다. 그 어떤 구호보다 강력한 울림을 만드는 두 글자다. 우리는 지금, 혹시 우는 손으로 살아가고 있는 것은 아닌가.

장판에 손톱으로

꾹 눌러놓은 자국 같은 게

마음이라면

거기 들어가 눕고 싶었다

나무에 대하여

때로 나무들은 아래로 내려가고 싶을 때가 있을 것이다 나무의 몸통뿐만 아니라 가지도 잎새도 아래로, 아래로 내려가고 싶을 것이다 무슨 부끄러운 일이 있어서가 아니라, 그냥 남의 눈에 띄지 않고 싶을 때가 있을 것이다 왼종일 마냥 서 있는 것이 부담스러울 때가 있을 것이다 아래로, 아래로 내려가 제 뿌리가 엉켜 있는 곳이 얼마나 어두운지 알고 싶을 때가 있을 것이다 몸통과 가지와 잎새를 고스란히 제 뿌리 밑에 묻어 두고, 언젠가 두고 온 하늘 아래 다시 서 보고 싶을 때가 있을 것이다 처서가 지나면 나무들은 생장을 멈추기 시작한다고 한다. 위로만 솟아오르려는 상승의 기운을 접고 비로소 자신의 내면을 탐구하기 시작하는 것이다. 여름은 너무 밝고 뜨거웠다고 나무들도 서늘해지려고 하는 것이다. 햇볕이 건드려도 꿈쩍하지 않고, 바람이 술 먹으러 가자고 해도 흔들리지 않는다. 이런 침잠의 시간이 없다면 나무들의 키는 벌써 하늘에 닿았거나 혹한의 겨울을 버티지 못했을 것이다. 오래된 잘 늙은 나무는 이렇게 평생 상승과 하강을 되풀이하면서 마음이 깊어진다. 아래를 내려다볼 줄 아는 눈, 나무에도 분명히 있다.

이마

신미나

장판에 손톱으로
꾹 눌러놓은 자국 같은 게
마음이라면
거기 들어가 눕고 싶었다

요를 덮고
한 사흘만
조용히 앓다가

밥물이 알맞나
손등으로 물금을 재러
일어나서 부엌으로

젊은 시인인데 시의 목소리는 이 세상을 이미 한 바퀴 돌아온 사람처럼 제대로 익었다. 여기서 시인은 방과 부엌이 엄격하게 분리되어 있던 시절을 호출한다. 장판이 깔린 방은 단칸방일 것이고 부엌에는 연탄아궁이가 있을 것 같다. 마음이 갈피를 잡지 못하고 병을 얻은 것은 아마도 사랑이 만든 서러움 때문일 것이다. 한 사흘 앓아눕는 것으로 마음의 병을 이기고자 하는 태도는 이미 치유의 길을 훤히 알고 있다는 뜻이다. 손등으로 물금을 잰다는 말은 얼마나 아름답고 가지런한가! 그는 끙, 하고 일어나 밥을 안치고는 가까스로 이마에 손을 얹었을 것이다.

따뜻한 비

이현승

삼촌은 도축업자
사실 피 묻은 칼보다 무서운 건
삼촌이 막 잡은 짐승의 살점을 입에 넣어줄 때

입속에 혀를 하나 더 넣어준 느낌
입속에선 토막 난 혀들이 뒤섞인다
혀가 가득한 입으론 아무 소리도 낼 수 없다

고기에서 죽은 짐승의 체온이 전해질 때
나는 더운 비를 맞고 있는 것 같다
바지 입고 오줌을 싼 것 같다

차 속에 빠진 각설탕처럼
나는 조심스럽게 녹아내린다
네 귀와 모서리를 잃는다

삼촌이 한 점을 더 넣어준다면
심해 화산의 용암처럼 흘러내려

나의 눈물은 금세 돌멩이가 될 것 같다

삼촌은 아무렇지 않게 소년의 입에 익히지 않은 고기 한 점을 넣어주었을 것이다. 그러나 소년이 느끼는 처참한 공포는 순식간에 소년을 지배한다. 죽은 짐승의 따스한 살을 살아 있는 짐승으로 받아 들였다는 괴로움이 그것이다. 소년은 고기를 씹으면서 자신의 존재 자체가 사라지는 죽음을 구체적으로 체험한다. 우리는 유년 시절에 맞닥트린 최초의 공포, 최초의 모욕, 최초의 수치로부터 잘 빠져 나오지 못한다. 야리야리한 영혼을 딱딱하게 만드는 폭력의 운전사를 우리는 어른이라 부른다.

화학선생님

중간고사 화학시험은
문항 50개가 전부 OX문제였다
수업시간에 번호순으로 채점결과를 발표하셨다
기다리지도 않은 내 차례가 됐을 때
"아니 이 녀석은 전부 X를 쳤네, 이 세상에는
옳은 일보다 그른 일이 많다는 걸 어떻게 알았지?
제대로 채점하면 60점인데 기분 좋아서 100점"
그러시고는 다음 차례 점수를 매기셨다
모두들 선생님의 장난말인 줄로만 여겼는데
며칠 뒤에 나온 내 성적표에는 화학과목이
정말로 100점으로 적혔다 백발성성한
지금도 그 점수를 믿지 않지만
이 세상에는 세월이 흐를수록 그른 일들이
옳은 일보다 많아지는 것도
나는 아직 믿을 수가 없다

요즘 같았으면 이 선생님은 '점수 조작'으로 한바탕 곤욕을 치렀을 것이다. 시의 배경은 1950년대 말, 공정한 분배는커녕 정치적 부패가 극에 달했던 때다. "옳은 일보다 그른 일이 많다"는 인식으로 사는 교사는 부조리한 시대에 순응하며 살아가는 이들에게 화풀이라도 하고 싶었나 보다. 지금은 모든 성과의 지표를 계량화하는 시대다. 점수는 성과를 객관화하지만 결국은 사람을 소외시킨다. 점수로 따지지 않는, 따질 수도 없는 일들을 인문학이라고 불러도 될까. 그러면 시대에 뒤떨어진 구닥다리로 비춰질까.

출렁출렁하는 한 양동이의 물

아직은 이 좋은 징조를 갖고 있다

고향

조말선

벗어놓은 외투가 고향처럼 떨어져 있다
내가 빠져나간 이후에 그것은 고향이 되었다
오늘 껴입은 외투와 나의 관계에 대해서 생각하면
한 번 이상 내가 포근하게 안긴 적이 있다는 것이다
나는 비로소 벗어놓은 외투를 찬찬히 살펴보는 것이다
내가 빠져나가자 그것은 공간이 되었다
후줄근한 중고품
더 이상 그 속에 있지 않은 사람의 언어

국어 시간에 시를 배울 때 가끔 등장하던 '객창감'이란 단어가 있다. 여행자가 객지살이에서 느끼는 감정을 이르는 말이다. 고향에서 이탈한 자는 벗어놓은 외투를 바라보듯이 고향을 바라본다. 나를 안아주었던 따뜻한 공간은 내가 빠져나옴으로써 의미 없는 공간이 되었다. 나는 사람의 언어와 사람의 체온을 잃었고 고향은 후줄근한 중고품이 되었다. 내가 성장하고 성공하는 동안 고향은 나보다 빠르게 늙어버린 것이다. 아파트에서 태어난 젊은 세대에게는 시원으로써의 고향마저 없다. 그들의 기억 속에 오래된 나무와 골목과 대문과 담벼락이 없기 때문이다. '고향'이라는 고색창연한 말, 국어사전에서도 사라지는 날이 온다.

여름 끝물

문성해

여문 씨앗들을 품은 호박 옆구리가 굵어지고
매미들 날개가 너덜거리고
쌍쌍이 묶인 잠자리들이 저릿저릿 날아다닌다

얽은 자두를 먹던 어미는 씨앗에 이가 닿았는지 진저리치고
알을 품은 사마귀들이 뒤뚱거리며 벽에 오른다

목백일홍이 붉게 타오르는 수돗가에서
끝물인 아비가 늙은 오이 한 개를 따와서 씻고 있다

호박도 매미들도 잠자리들도 끝물이다. 얽은 자두도 자두를 먹는 어미도 사마귀도 끝물이다. 목백일홍도 아비도 늙은 오이도 다 끝물이다. 끝물 때는 모두 굵어지고 너덜거리고 저릿저릿하고 진저리치고 뒤뚱거린다. 이 시의 매력은 만상을 그저 태연하게 제시하고 덤덤하게 그리는 화자의 태도에서 나온다. 그러나 여기까지만 읽어서는 안 된다. 새로운 변화라고는 눈을 씻고 찾아봐도 보이지 않는 이 적막 속에 시인이 숨겨둔 게 있다. 거의 모든 시행이 성적인 충동, 혹은 본능적인 번식의 이미지와 연결돼 있다는 것이다. 끝물이 아니라고 우기는 슬픔이 이 시의 배후라고 할 수 있다.

아침

문태준

새떼가 우르르 내려앉았다
키가 작은 나무였다
열매를 쪼고 똥을 누기도 했다
새떼가 몇발짝 떨어진 나무에게 옮겨가자
나무상자로밖에 여겨지지 않던 나무가
누군가 들고 가는 양동이의 물처럼
한번 또 한번 출렁했다
서 있던 나도 네 모서리가 한번 출렁했다
출렁출렁하는 한 양동이의 물
아직은 이 좋은 징조를 갖고 있다

새떼의 위력은 대단하다. 무덤덤한 나무상자를 양동이의 물로 바꾸고, 각이 진 채로 서 있던 나를 또한 한 양동이의 출렁이는 물로 바꾼다. 딱딱한 것을 부드러운 것으로 변환시키는 물의 역동적인 힘은 새떼의 이동에 의해 생겨났다. 한없이 작고 가벼운 것이 세상을 뒤흔드는 것이다. 세상은 폭력과 시기와 협잡으로 가득 차 있지만, 마지막 행에 와서 시인은 세상에 대한 기대를 버리지 않았음을 내비친다. '아직은'이라는 한 덩이의 말은 절망과 희망을 함께 품고 있어 유심히 읽어야 한다. 아직은 좋은 징조를 믿고 나아가야 한다. 아침이니까.

그믐

김수열

한때 너를 아프게 물어뜯고 싶은 적이 있었다

우리 시에서 초승달의 모양을 눈썹과 손톱의 이미지로 처음 비유한 시인은 서정주다. 그리하여 초승달을 바라보며 그리운 이의 눈썹을 떠올리는 서정은 서정주의 대표적인 상표가 되었다. 초승달은 달이 부풀어가는 형상이지만 그믐달은 사위어가는 형상이다. 생의 기력이 거의 다 소진된 그믐달을 보며 시인은 청춘의 한때를 회상한다. 상대방을 할퀴고 물어뜯은 주체가 자신이었음을 깨닫는다. 즉 자신이 어둠이었기 때문에 둥근 달을 물어뜯어 사그라지게 만들었다는 것이다. 이러한 주체의 반성은 폭력적인 야성에 대한 꾸짖음으로 작용하기도 한다. 내가 아는 한 우리나라 현존 시인 중에 키가 제일 큰 시인이 김수열이다. 그는 기린 같은 목과 다리로 경중경중 걷는다. 그는 목을 길게 빼고 캄캄한 밤하늘의 그믐달을 물어뜯어 본 사람인지도 모른다. 다음에 만나면 그에게 별이나 하나 따 달라고 슬쩍 부탁해볼까?

한때 너를 아프게 물어뜯고 싶은 적이 있었다

나팔꽃

권대웅

문간방에서 세 들어 살던 젊은 부부
단칸방이어도 신혼이면
날마다 동방화촉洞房華燭인 것을
그 환한 꽃방에서
부지런히
문 열어주고 배웅하며 드나들더니
어느 새 문간방 반쯤 열려진 창문으로
갓 낳은 아이
야물딱지게 맺힌 까만 눈동자
똘망똘망 생겼어라
여름이 끝나갈 무렵
돈 모아 이사 나가고 싶었던 골목집
어머니 아버지가 살던
저 나팔꽃 방 속

단칸방에서 신혼살림을 시작해본 이는 주인과 세입자의 권력 관계가 어떻게 진행되는지 안다. 전세와 사글세의 차이도 알고 연탄 냄새와 전기요금 고지서, 수도 계량기의 눈금까지를 기억한다. 신혼부부가 첫 아기를 가지는 순간, 그 모든 신산하고 비루한 생의 품목들이 미래에 대한 작은 희망으로 전환된다. 나팔꽃 씨방 속에 들어앉은 똘망똘망한 씨앗을 보며 시인은 오래전 단칸방에 살던 부모를 연상한다. 가난했지만 포근했고, 비좁았지만 살가웠던 그 시절을 우리는 무심코 떠나보냈다.

휘영청이라는 말

이상국

휘영청이라는 말 그립다

어머니가 글을 몰라 어디다 적어놓지는 않았지만

누구 제삿날이나 되어
깨끗하게 소제한 하늘에 걸어놓던
그 휘영청

내가 촌구석이 싫다고 부모 몰래 집 떠날 때

지붕 위에 걸터앉아 짐승처럼 내려다보던
그 달

말 한마디 못해보고 떠나보낸 계집아이 입속처럼

아직도 붉디붉은,

오늘도 먼 길 걸어

이제는 제사도 없는 집으로 돌아오는데
마음의 타관 객지를 지나 떠오르는
저 휘영청

휘영청이라는 말

휘영청 달이 떠올라도 오래 바라보지 못하고 살았다. 고층 건물
에 갇혀, 잡다한 일상사에 묶여 달을 바라보던 눈을 잃어버리고
살았다. 달을 바라보지 못하면서 휘영청이라는 말하고도 서먹서먹하게
지냈다. 휘영청이라는 말은 먼 나라의 언어가 되었다. 다가오는 추석에
는 밤하늘의 휘영청을 만나자.

하관下棺

천수호

아버지께 업혀왔는데
내려보니 안개였어요

아버지 왜 그렇게 쉽게 풀어지세요
벼랑을 감추시면
저는 어디로 떨어집니까

이 세상에 나라는 존재를 만든 아버지는 나를 여기까지 업고 온 사람이다. 아버지의 관을 땅에 내려놓은 순간, 나는 안개 속에 길을 잃은 사람이 되어 눈앞이 흐려지고 막막해진다. 하관의 의식은 잠깐이다. 아버지가 사라지는 모습을 시인은 풀어진다고 말한다. 그것은 생의 무거움과 집착으로부터 벗어난다는 뜻이다. 관 위에 풀어지는 흙도 원망스러웠을 것이다. 특히 이 시에서 '벼랑'이 기가 막히게 뛰어나다. 아버지의 죽음을 벼랑의 부재로 비유하는 대목에서 무릎을 치지 않을 수 없다. 끝없이 도전하게 하고 날카로운 수직의 기상을 보여주던 벼랑의 부재가 아버지의 죽음이라니!

9월

고영민

그리고 9월이 왔다
산구절초의 아홉 마디 위에 꽃이 사뿐히 얹혀져 있었다
수로를 따라 물이 반짝이며 흘러간다
부질없는 짓이겠지만
누군지 모를 당신들 생각으로
꼬박 하루를 다 보냈다
햇살 곳곳에 어제 없던 그늘이 박혀 있었다
이맘때부터 왜 물은 깊어질까

산은 멀어지고 생각은 더 골똘해지고
돌의 맥박은 빨라질까
왕버들 아래 무심히 앉아
더 어두워지길 기다렸다
이윽고 저녁이 와
내 손끝 검은 심지에 불을 붙이자
환하게 빛났다
자꾸만 입안에 침이 고였다

그리고 9월에는 구절초와 쑥부쟁이를 구별해서 보는 눈을 갖게 하소서. 강둑에 앉아 햇살에 반짝이는 강물을 삼십 분만 보게 하소서. 하늘이 산의 능선을 면도칼로 오린 것처럼 또렷해지는 날을 자주 만나게 하소서. 그리하여 9월에는 들과 나무와 저녁과 밤과 당신과 내가 모두 하나로 이어져 있음을 알게 하소서.

의자는 나보다 먼저 태어났다 형이라고 불러야 하지만 나는 무시하고

궁둥이로 깔아뭉갠다

빗소리 곁에

장석남

1.
빗소리 곁에
애인을 두고 또
그 곁에 나를 두었다

2.
빗소리 저편에
애인이 어둡고
새삼새삼 빗소리 피어오르고

3.
빗소리 곁에
나는 누워서
빗소리 뒤에다 발을 올리고
베개도 자꾸만 고쳐서 베고

4.
빗소리 바깥에

빗소리를 두르고
나는 누웠고
빗소리 안에다 우리 둘은
숨결을 두르고

몇 번 소리 내어 읽어보면 좋겠다. 의미를 생각하지 말고 시어가
이끄는 분위기대로 따라가 봤으면 좋겠다. 시는 의미를 저장하
는 창고가 아니다. 여기 등장하는 애인은 지금 곁에 있기도 하고, 떠나
간 옛사랑이기도 하고, 앞으로 다가올 사람이기도 하다. '숨결'이라는
말 앞에서 잠시 더워지면 당신은 시를 잘 읽은 것이다.

의자 1

차성환

의자는 나보다 먼저 태어났다 형이라고 불러야 하지만 나는
무시하고 궁둥이로 깔아뭉갠다 수많은 의자 위에서 사춘기를
보냈고 나는 앉아있기 위해 태어난 거 같기도 하다 의자는 계속
앉은 자세이고 늦게 태어난 나는 의자에 몸을 맞춘다 의자에 바
퀴를 달고 앉은 채로 나는 어딘가로 간다 다시 태어나면 의자가
되어 너를 앉혀 주고 싶다 다 의자에게 배운 말이다 의자는 신
나고 즐겁고 지루하고 끔찍하고 슬프게 앉아있다 의자는 책상
과 상관없이 앉아있다 의자는 앉아서 잠이 든다 다시는 일어날
수 없을 때까지 앉아있다

요즘 젊은 시인들의 시는 대체로 길고, 고백적이고, 흐릿하다. 그들의 시는 자의식이 강한데 독자의 입장에서 해독이 쉽지 않다. 이 시를 쓴 젊은 시인은 그들과 다르다. 의자라는 흔한 사물로 성장의 서사를 구성하고 있는 이 시는 깜찍하면서도 유연한 상상력으로 독자를 즐겁게 만든다. 과도한 포즈가 없고 어조는 차분하다. 자폐적이고 몽환적이고 도전적인 분위기가 지배하는 문예지의 시를 읽다가 이런 시를 만나면 가만히 쓰다듬어 주고 싶어진다. 내 주머니 속의 호두알처럼.

먹기러기

달에 눈썹을 달아서
속눈썹을 달아서
가는 기러기떼
먹기러기떼
수묵으로 천리를
깜박인다
오르락내리락
찬 달빛
흘려보내고
흘려보내도
차는 달빛
수묵으로
속눈썹이 젖어서

달이 뜬 하늘로 날아가는 기러기떼를 달의 속눈썹으로 파악하는 시인의 눈이 예사롭지 않다. 달빛이 배경에 있어 역광상태이므로 지상의 시인에게 기러기는 온통 먹빛으로 보일 것이다. 그러나 기러기의 날개가 쉬지 않고 허공을 젓는 동안, 먹빛이었던 기러기의 날개는 은빛이나 흰빛의 달빛을 받아 빛나기도 할 것이다. 그게 수묵이 생기는 지점인데, 그걸 시인은 불빛처럼 깜박인다고 쓴다. 달빛을 흘려보내고 앞으로 나아가는 기러기의 노정은 멀고도 멀어서 '찬' 달빛은 숙명처럼 '차는' 달빛이 된다. 기러기의 속눈썹이 젖는다는 말은 또 얼마나 아픈가. 땅 위에 사는 우리도 속눈썹이 젖는 듯.

종로일가

황인찬

새를 팔고 싶어서 찾아갔는데 새를 사는 사람이 없었다
새는 떠나고 나는 남았다

물가에 발을 담그면
죽이고 싶다는 생각이 죽고 싶다는 생각보다 먼저 든다

종 치는 소리가 들리면

새가 종에 부딪쳤나 보다
하는 생각이 지워진다

할아버지,

하고 아이가 부르는데 날 부르는가 해서 돌아보았다

시의 의미가 성채라고 생각한다면 당신은 이 시를 읽고 무척 당황해질 것이다. "도대체 뭐 이런 게 시야!"라면서 화를 낼지도 모르겠다. 당신은 편하고 익숙한 은유만이 시라고 믿는 구닥다리다. 하나의 은유를 향해 시를 심각하게 집중시키지 않고 오히려 의미를 뿔뿔이 흩어지게 만드는 게 젊은 시인의 전략이다. 독자의 예상을 배신하는 행과 연, 전혀 실용적이지 않은 마음의 연상, 그리고 천연덕스러운 문장의 배치. 우리는 이 세상에 정해진 길이란 없다는 걸 모르고 살았다. 오로지 상승하고 무조건 집중하는 그 길만 길인 줄 알았다. 뭉쳐야 산다고? 요즘 젊은이들은 흩어져야 산다고 믿는다.

빗소리 곁에

애인을 두고 또

그 곁에 나를 두었다

합일

김해자

거기, 밖이 무너지고
여기, 안으로 삼켜져
눈 감는 음절들
거기까지 너였다,
여기까지 나였다,
경계가 차츰 무뎌지고 무너지다
문득 모든 말들이 끊긴다
하지 못한 말,
이미 한 말,
들이키고서야 합쳐지는 입과 입
여기서부터 검은 숲,
침묵이 범람한다
말하면서 동시에 사랑할 수 없다
나조차 잊어버려야 나로 돌아갈 수 있다
너조차 잊어버려야 너에게 들어갈 수 있다

여우가 어린 왕자에게 말했다. 말은 오해의 근원이라고. 생텍쥐 페리가 『어린 왕자』를 통해 인류에게 건네고 싶은 메시지의 핵심이 이것인지 모른다. 말이 오해를 낳고, 오해가 무기를 만들고, 무기가 전쟁을 일으킨 역사의 사례들을 우리는 알고 있다. 나와 너의 관계도 말에서 시작하고 말에서 끝난다. 입과 혀가 만든 소리를 집어삼킬 수 없을 때 너와 나의 관계는 구겨지고 무뎌지고 무너진다. 말의 폐해는 합일을 방해하고 관계를 단절시킨다. 마지막 두 줄을 읽으며 고개를 끄덕인다. 그래, 나조차 잃어버려야 나를 찾는 거지.

이런 낭패

도광의

오랜만에 고향에 갔다
간밤에 마신 술 탓에
새순 나오는 싸리울타리에
그만 누런 가래 뱉어놓고 말았다
늦은 귀향 길 안쓰런 마음 더해가는
고향 앞에서 나는 또 한 번 실수에
무안해 하는데
때마침 철 늦은 눈이
내 허물을 조용히 덮어주고 있었다

시인은 내 고등학교 때 선생님이다. 퇴직 후에도 여전히 술을 많이 드시는데, 제자들이 쩔쩔맬 정도다. 수십 년 뵐 때마다 선생님은 당신의 고향 이야기를 꺼내신다. 나중에 내 죽거든 우리 고향에 아주 조그마한 시비 하나 세워다오. 이 낭만적인 말씀을 나는 안쓰러운 마음으로 들었다. 시인에게 고향이란 미안한 마음을 갖게 하는 공간이다. 어떤 대상에 대해 미안하고 애틋한 감정을 갖고 있다면 그는 그것을 사랑하고 있다는 뜻이다. 시인은 자신의 허물을 덮어 주기 위해 고향에 눈이 내린다고 말한다. 아마 도시에 눈이 내렸다면 이러한 성찰의 시간은 생기지 않았을 것이다.

옥이

이병초

밥 퍼낸 무쇠솥 바닥을
초승달 같은 놋달챙이로 닥닥 긁어서
주먹밥처럼 뭉쳐온 깜밥
놀장놀장 눌은 빛깔에 불티 뒤섞인
그 차지고 고소한 단맛을
조금씩 떼어먹다가
목 당그래질이 뭔지도 모르고 떼어먹다가
배 아프다고 꾀를 쓰면
가시내는 자취집 장광에 깔린
흙기와 조각을 구워와 내 배에 올려놓고
깜밥 묻은 손끝을 떨었다

형들은 여자 친구를 깜밥이라고 불렀다 너 깜밥 있냐고 대놓
고 놀렸다 감춰 먹을수록 더 고소하고 차진 맛을 왜 여자 친구
에게 빗대는지 잘 몰랐다 가늘어진 목선을 더 늘이빼며 저녁햇
살은 그냥 또 지나간다

전라도 방언인 '깜밥'은 솥바닥에 눌어붙은 딱딱한 누룽지를 가리키는 말이다. 그걸 물을 부어 끓이면 '누룽지'다. '눗달챙이'는 솥바닥을 하도 긁어서 초승달처럼 끝이 닳은 눗숟가락을 이르는 말이다. '놀장놀장'은 또 얼마나 신기하고 예쁜가. 이 시인의 시에 자주 등장하는 전주 지역 방언은 마치 평북 방언을 즐겨 쓰던 백석의 그것을 닮았다. 흙기와 조각을 구워와 남자친구의 아픈 배 위에 올려주는 연애는 이제 없다. 아주 먼 옛날을 우리는 잃고 여기까지 왔다.

저무는 우시장

판 저무는데

저 송아지는
왜
안 팔아요?

아,
어미하고
같이 사야만 혀.

저무는 우시장 한쪽, 순식간에 물기가 돈다. 날은 저물고 배는 고프고 집에는 가야 하는데 아이는 송아지를 갖고 싶었을 것이다. 아버지는 어미 소와 송아지를 함께 살 여력이 전혀 없다. 게다가 아직 젖을 떼지 않은 송아지까지 우시장에 데리고 온 사람은 또 어땠을까? 급히 소를 팔아 자식의 학비라도 마련하고 싶었던 것일까? 매매는 이루어지지 않고, 아이의 눈에는 송아지의 눈망울이 어른거리고, 어스름은 가난처럼 우시장으로 내려앉고 있었을 것이다. 기억을 호출할 때 가끔 따끔거리는 통증을 느낄 때가 있다. 가진 게 없었지만 사람이 사람의 마음으로 살던 시간을 떠올릴 때 특히 그렇다.

거기까지 니였다
여기까지 나였다

소년에게

박성우

소년이여, 작은 창 열고 나와 소녀에게 목도리를 둘러주어라
여름부터 와 있었을 소녀에게 스웨터를 내주어라 행여라도 털
장갑은 내주지 마라 소녀를 자전거 뒤에 태워 그대 점퍼 주머니
에 손을 넣게 하라

중학교를 다닐 때였다. 매일 등굣길에 시내버스 정류장에서 눈이 마주치던 소녀가 있었다. 2층 양옥집에 살던, 얼굴이 하얗던, 나보다 한 학년 아래 여학생이었다. 나도 소녀도 서로 말 한 번 걸어보지 못하고 아무런 사건도, 사고도 없이 몇 달을 보냈다. 우리는 각자 마음속으로만 연애사건을 만들고 있을 뿐이었다. 나는 고등학생이 되었고, 대구 시내에서 문예반 시화전을 열었는데 소녀가 찾아왔다. 몇 마디 처음으로 인사를 나누었을 것이다. 소녀가 내게 책 한 권을 건넸다. 포장을 풀어보니 하드커버로 된 두꺼운 백지 묶음이었다. 거기에 수많은 시를 쓰라고 했을까? 나는 거기에 한 줄의 문장도 적지 못하고 늙었고, 아직 그 선물은 내 책꽂이 어딘가에 남아 있을 것이다. 이 시를 그때 읽었더라면 자전거에 그 소녀를 태우고 따뜻한 점퍼 주머니에 손을 넣게 할 걸!

모란이 피네

외로운 홑몸 그 종지기가 죽고
종탑만 남아 있는 골짜기를 지나
마지막 종소리를
이렇게 보자기에 싸 왔어요

그런데 얘야, 그게 장엄한 사원의 종소리라면
의젓하게 가마에 태워 오지 그러느냐
혹, 어느 잔혹한 전쟁처럼
그것의 코만 베어 온 것 아니냐
머리만 떼어 온 것 아니냐,
이리 투정하신다면 할 말은 없지만

긴긴 오뉴월 한낮
마지막 벙그는 종소리를
당신께 보여주려고,
꽃모서리까지 환하게
펼쳐놓는 모란보자기

당신에게 보여주려고 종소리를 보자기에 싸오다니! 청각을 시각화하는 시인의 솜씨도 날렵하거니와 모란의 우아한 자태를 종소리에 비유하는 기법도 매우 신선하다. 외롭게 홀몸으로 살다간 종지기는 동화작가 권정생 선생을 떠올리게 한다. 선생은 앙상한 종탑처럼 살다 가셨지만, 선생이 남긴 수많은 명작은 오늘날 어린이들의 마음에 마지막 종소리로 울려 퍼지고 모란꽃으로 활짝 피어나고 있지 않은가.

허공

이덕규

자라면서 기댈 곳이
허공밖에 없는 나무들은
믿는 구석이 오직 허공뿐인 나무들은
끝내 기운 쪽으로
쿵, 쓰러지고야 마는 나무들은
기억한다 일생
기대 살던 당신의 그 든든한 어깨를
당신이 떠날까봐
조바심으로 오그라들던 그 뭉툭한 발가락을

허공은 나무들의 언덕이고 새들의 길이다. 별과 달의 집, 구름의 안식처, 바람의 놀이터가 허공이다. 오로지 가시화된 것만을 믿는 서구의 인식론은 비가시적인 허공을 실제로 인정하지 않는다. 그들에게 허공은 아무것도 없는 공간일 뿐이다. 하지만 시인은 아무것도 아닌 것, 힘이 없는 것에 강력한 어깨를 부여한다. 그리하여 허공에 뼈대가 생기는 것이다. 한때는 든든한 버팀목이었고 후원자였으나 지금은 초췌하게 늙어가는 아버지, 혹은 어머니를 이 시에서 읽어내야 한다. 우리는 허공의 힘으로 살아간다.

병든 짐승

도종환

산짐승은 몸에 병이 들면 가만히 웅크리고 있는다
숲이 내려 보내는 바람 소리에 귀를 세우고
제 혀로 상처를 핥으며
아픈 시간이 몸을 지나가길 기다린다

나도 가만히 있자

짐승은 자연 치유의 방법을 터득한 존재다. 몇 걸음을 걸어 어느 골짜기를 가야 자신을 낫게 할 풀이 있는지 안다고 한다. 이 시에 등장하는 병든 짐승은 가만히 웅크리고 있는 것으로 치유를 기다린다. 의술의 방식으로 병을 몸에서 끄집어내지 않고 시간을 견딤으로써 몸에서 병이 빠져나가기를 간구하는 것이다. 나도 병이 들었다. 아마 그 병은 사람과 사람 사이에서 부대끼면서 얻은 병일 것이다. 가만히 있다는 건 침묵과 절제로 시간을 보낸다는 말이다. 서두르지 말고, 더 얻으려고 하지 말고, 목소리 높이지 말고, 제발 좀 가만히 있자. 가만히 사랑하고, 가만히 웃자.

소년이여, 작은 창 열고 나와 소녀에게 목도리를 둘러주어라

발

권기만

발 달린 벌을 본 적 있는가

벌에게는 날개가 발이다
우리와 다른 길을 걸어
꽃에게 가고 있다
뱀은 몸이 날개고
식물은 씨앗이 발이다
같은 길을 다르게 걸을 뿐
지상을 여행하는 걸음걸이는 같다
걸어다니든 기어다니든
생의 몸짓은 질기다
먼저 갈 수도 뒤처질 수도 없는
한 걸음씩만 내딛는 길에서
발이 아니면 조금도 다가갈 수 없는
몸을 길게 하는 발
새는 허공을 밟고
나는 땅을 밟는다는 것뿐
질기게 걸어야 하는 것도 같다

질기게 울어야 하는 꽃도

이 시를 가만히 뜯어 읽어 보면 발, 날개, 몸, 씨앗, 길, 허공, 땅이 모두 하나로 연결돼 있다. 각기 의미가 다른 단어들을 하나로 잇는 말이 '질기다'라는 형용사다. 이 형용사는 생명을 가진 것들이 삶을 유지하기 위해 지속적으로 반복해야 하는 어떤 운명을 가리킨다. 우리는 질기게 걸어야 하고, 꽃은 질기게 울어야 한다. 걷고 또 걸으면서 어지간해서는 낙심할 필요가 없다. 꽃도 질기게 우는데, 뭐.

물가재미식해

김명인

삭은 혀끝이 거머쥘 감칠맛 어디 있겠냐고
어머니, 할머니, 할머니의 그 할머니
구황하려 매운 손끝으로 버무려 온 물가재미식해
한 젓가락 듬뿍 퍼 올리고 싶다
흔하디흔한 물가재미 큼직큼직 채 썰어
무며 조밥, 마늘, 고춧가루에 비벼 간 맞춘 뒤
오지에 담아 아랫목에 두면 며칠 새
들큰새콤 퀴퀴하게 삭아 있던 밥 식해,
왜 오묘함은 가슴과 사귀는 좁쌀별인지
밤새워 푸득거리는 눈발 한 채여도 안 서럽던!

식해食醢는 밥을 엿기름으로 삭혀 만드는 식혜食醯가 아니다. 식혜는 음료수지만 식해는 반찬이다. 식해는 동해안에 사는 사람들이 가자미나 명태를 무와 조밥에 버무려 발효시킨 뒤에 먹는 음식이다. 경북 울진이 고향인 시인의 기억 속에 식해는 가난했던 시절을 떠올리게 하는 오묘한 맛으로 자리 잡고 있다. 식해를 씹을 때 자잘한 좁쌀알들이 이에 끼기도 했을 것이며, 폭설이 내려도 두렵거나 외롭지 않았을 것이다. 기억 속의 음식은 단순한 추억으로 남아 있는 게 아니라 생의 실핏줄처럼 오늘의 우리와 단단하게 얽혀 있는 경우가 많다. 변변찮아 보이는 그 음식의 힘이 우리를 이만큼이라도 키웠다.

도토리들

이봉환

어디 가을이 얼마큼 왔나 궁금해 산에 갔더니

키 작은 졸참나무 도토리들 바위틈에 수월찮이 나앉아서

꼭 포경수술한 동무지간들
목욕탕에서처럼 쪼그리고 앉아서

운동 나온 아낙이 흘끔 보거나 말거나

큰놈 작은놈들 거시기가 밖으로
볼똑하니 나오도록 앉아서

가을볕 따글따글하니 쬐고들 있습니다요

바위틈에 떨어져 있는 도토리들의 생김새를 "포경수술한 동무 지간들"로 바라보는 데서 비유가 발생한다. 비유는 이렇듯 실제와 전혀 다른 국면을 제시함으로써 독자에게 새로운 풍경을 선사한다. 이 익살스러운 광경을 더욱 맛깔나게 하는 것은 남도에서 주로 쓰는 싱싱한 어휘들이다. 도토리들이 수월찮이, 거시기가 밖으로 볼똑하니 나오도록 앉아서 볕을 따글따글하니 쬔다는 말은 얼마나 차지고 옹골진가. 말맛이 살아 있어야 시가 된다.

그늘에 묻다

길상호

달빛에 슬며시 깨어보니
귀뚜라미가 장판에 모로 누워 있다
저만치 따로 버려둔 뒷다리 하나,
아기 고양이 산문이 운문이는
처음 저질러놓은 죽음에 코를 대고
킁킁킁 계절의 비린내를 맡는 중이다
그늘이 많은 집,
울기 좋은 그늘을 찾아 들어선 곳에서
귀뚜라미는 먼지와 뒤엉켜
더듬이에 남은 후회를 마저 끝냈을까
날개 현에 미처 꺼내지 못한 울음소리가
진물처럼 노랗게 배어나올 때
고양이들은 죽음이 그새 식상해졌는지
소리 없이 밥그릇 쪽으로 자리를 옮긴다
나는 식은 귀뚜라미를 주워
하현달 눈꺼풀 사이에 묻어주고는
그늘로 덧칠해놓은 창을 닫았다
성급히 들어오려다 창틀에 낀 바람은

다행히 부러질 관절이 없었다

가을 저녁에 읽기 좋은 시다. 쓸쓸한 죽음의 냄새, 후회와 아쉬움이 뒤섞인 삶의 성찰의 시간들이 잘 비벼져 있다. 귀뚜라미에게 그늘은 울기 좋은 곳이지만 최후를 맞아야 하는 처소이기도 하다. 가장 좋은 곳이 가장 위험한 곳이라는 걸 시인은 슬쩍 말하고 싶었던 것일까? 죽은 귀뚜라미를 하현달 눈꺼풀 사이에 묻어준다는 표현은 서늘하게 아름답다.

나는 식은 귀뚜라미를 주워

하현달 눈꺼풀 사이에 묻어주고는

그늘로 덧칠해놓은 창을 닫았다

그믐오리

이중기

청둥오리 한 마리 잡아
싸리울바자에 걸쳐놓고 잠시 뒷간 간 사이
그걸 담 너머 보고 후다닥 달려온 재종숙 신달복 씨
오리 혓바닥 냉큼 뽑아 뒤란으로 가버렸다

시부적시부적 털 뜯어낸 뒤에
어린애 경기驚氣에 좋다는 그걸 뽑아내려고
청둥오리 주둥이 벌려 한참이나 들여다보다가
어라, 재종질이 그만 뜨악해져서
거참 희한한 일이네, 하고 구시렁거리자

신달복 씨, 시침 뚝 떼고 앉아 능청스럽게
와 그카노?
이 오리, 혀가 없는데요
예끼, 그믐오리에 무슨 혓바닥이 있노
보름오리라야 그거라도 있지

뒤란 매화나무 가시에 꽂혀 꾸들꾸들

마르고 있을

그 그믐오리 혓바닥

시인은 경북 영천에서 복숭아 농사를 짓고 있다. 그의 시집 『영
천아리랑』은 대구의 한 출판사에서 나왔는데, 상상과 주관을 배
제하고 객관적인 서술만으로도 울림을 만드는 진기한 시를 펼쳐 보여
준다. 영천의 근현대사를 엮어온 일제저항인사, 지역운동가, 친일파, 좌
익활동가, 문인, 노동자 등 지금은 아무도 기억하지 않는 이들의 이름
을 시인은 하나하나 호명한다. 시인의 열정과 노력에 경의를 표한다.

반 뼘

손세실리아

모 라이브카페 구석진 자리엔
닿기만 해도 심하게 뒤뚱거려
술 쏟는 일 다반사인 원탁이 놓여 있다
거기 누가 앉을까 싶지만
손님 없어 파리 날리는 날이나 월세 날
나이든 단골들 귀신같이 찾아와
아이코 어이쿠 술병 엎질러가며
작정하고 매상 올려준다는데
꿈의 반 뼘을 상실한 이들이
발목 반 뼘 잘려나간 짝다리 탁자에 앉아
서로를 부축해 온 뼘을 이루는
기막힌 광경을 지켜보다가 문득
반 뼘쯤 모자란 시를 써야겠다 생각한다
생의 의지를 반 뼘쯤 놓아버린 누군가
행간으로 걸어 들어와 온 뼘이 되는

그런

완전주의자는 한 치의 빈틈도 없는 완벽한 세상을 꿈꾼다. 과학과 예술은 완전주의자들이 설계한 이상세계의 하나다. 신이 인간을 만들 때도 완전한 인격체를 갖춘 포유동물을 구상했을 것이다. 하지만 완전하다고 믿는 순간 그것은 언제나 반 뼘이 모자란다. 모자라는 것들은 삐걱거리고, 흔들리고, 너덜거린다. 시인은 반 뼘쯤 모자란 생이 오히려 아름답다고 말한다. 완전한 것은 없다.

탁! 탁!

이설야

마을버스에서 내린
맹인 소녀의 지팡이가 허공을 찌르자
멀리, 섬에서 점자를 읽고 있던 소년의 눈이
갑자기 따가워지기 시작한다

도다리가 잠든 횟집 앞
무거운 책가방을 든 소녀가 휘청거리며 지나간다
오른손에 움켜쥔 지팡이가 갈라진 보도블록을
탁! 탁! 칠 때마다 땅속 벌레들의 고막이 터진다

허공 어딘가 통점을 꾹. 꾹. 찌르며
헛발 딛는 소녀의 종아리가 되어
집을 찾아가는 지팡이

무수한 길들이
종아리 속에 뻗어 있다

이 시는 두 눈을 훤하게 뜨고도 길을 찾지 못하는 이들을 질책한다. 운전대 잡고 고속도로를 질주하면서도 삶의 방향을 찾는 데 실패한 이들을 후려친다. 소녀의 지팡이 좀 봐라. 소녀는 먼 섬의 소년의 눈을 뜨게 하고 벌레들의 고막을 터뜨린다. 작고 힘없는 것들의 연대는 이렇듯 강력하다.

고약한 사이

욕부터 튀어 나온다
앙잘앙잘 옛일 돌이켜보면
일계급 특진이 걸린
현상수배전단
점퍼 안주머니 깊숙이 구겨 넣고
밤마다 잠복하던
말단형사 꼴통 새끼!
이따금 술 취해 와서
빨갱이자식 내놓으라고
가살스럽게 눈알 부라릴 적마다
봉선화 우북한 뒤란
장독대에 한껏 웅크렸다는
엄니를 생각하면
우수수 만정이 다 떨어지는
개 같은 놈의 새끼!

상스럽다 하신다 어머니는
아가, 깨복쟁이 불알친구들끼리 그러면 못 쓴다며

되게 나무라신다

야만의 시절이 있었다. 사람이 사람을 감시하고, 사람이 사람을 분류하던 때가 있었다. 피해자의 입장에서 "개 같은 놈의 새끼"라고 직설적으로 욕을 내뱉는 일은 차라리 싱거운 익살 같다. 어머니는 넓어서 그마저 만류하시지만 아직도 문제는 완전하게 해결되지 않았다. 처절하게 반성할 줄 아는 가해자가 없다는 거! 그동안 우리는 속죄하지 않고도 거들먹거리며 살아온, 여전히 야만적인 이들을 너무 많이 목격하였다.

반 뼘쯤 모자란 시를 써야겠다 생각한다

생의 의지를 반 뼘쯤 놓아버린 누군가

행간으로 걸어 들어와 온 뼘이 되는

물 안의 여자

김근

물 안의 여자 물 안의 마을 물 안의 우물에서 물 안의 물 길어 올리네

물 안의 여자가 길어 올린 우물물 물 안의 물 너무 많아 없는 거나 다름없네

어느 날 물 안으로 들어온 사내와 눈 맞아 물 안의 여자 물 안의 아기를 낳았는데

물 안의 집 떠다니는 방구들에 차마 눕히지 못한 물 안의 아기 물 밖으로 떠난 아비 찾아 저 혼자 떠올랐네

물 안의 여자 물 안의 마을 물 안의 우물에서 끝도 없이 물 안의 물 길어 올리네

물 안에서 물처럼 흘러가지 못하는 물 안의 여자 얼굴은 여태도 잘 길어 올려지지 않네

우리 현대시는 운율의 강박으로부터 멀리 떠나왔다. 리듬으로서의 삶에서 이탈하면서 시는 산문화되고 길어졌다. 이 시는 매우 다르다. 소리 내어 읽어 보자. 읽으면 읽을수록 리듬감이 몸을 감싸면서 어떤 흥이 돋을 것이다. 끝없이 음운이 반복되는 사이, 의미는 서서히 제거되고 말의 기운이 압도적으로 새록새록 살아날 것이다. 그러다가 불운한 가족사의 우물물을 길어 온 당신의 어머니를 떠올린다면 그때 당신의 시 읽기는 성공한 거다.

동담치東譚峙

처음은 검은색이었는데
강물 거슬러 오르는 꺽지 보내 비늘빛 그려 넣었다

여름 이겨낸 바람이 곧게 가지 세우고 소나무처럼 잠깐 서있
다 고샅으로 사라졌다 미루나무가 서쪽으로 휘어진 까닭은 새
떼가 노을 몰고 우르르 내려앉았기 때문이라 했다

벌겋게 익은 강이 김 모락모락 피워 올려 가을 다 흘러가버렸
다 쪽창 열고 동담치東譚峙 헤집어 보라 일러두었다 밤새껏 머
뭇거리다 돌아갈 길 묻던 등 굽은 노인이 큰기침 몇 번 하자 수
런거리던 이파리들이 뒤뜰에 조용히 내려앉았다

동담치가 어디에 있는 고개인지 몰라도 좋다. 거기에도 가을이 당도했을 것이고, 거기서 멀지 않은 곳에 벌겋게 익은 강물이 흐를 것이다. 시인은 터져 나오려는 감정을 최대한 가라앉히고 깊어진 가을의 풍경들을 세밀하게 묘사한다. 세밀한 시인의 언어는 누구나 아는 바람과 나무와 노을과 이파리들을 이렇게 삽상하고 매력적인 것으로 전환시켜 놓는다. 낙엽이 그냥 땅으로 내려앉는 거 아니다. 등 굽은 노인의 기침소리 때문이다. 가을이 우리에게 온 것도 다 어떤 이유가 있기 때문일 것이다.

꽃잠

김성규

어미 소는 막 태어난
새끼를 핥고 있었다

먼지처럼 흩어지는
햇빛 속에
꽃밭에
누워
잠에 빠진
송아지
혓바닥으로
핥아주면
마당을 뛰어다니는
바람 속에
구름 아래
누워
일어나지 않는
송아지
혀에서

붉은 꽃 필 때까지

어미 소는
죽은 새끼를
핥고 있었다

'꽃잠'의 사전적 풀이는 깊이 든 잠, 혹은 결혼한 신랑·신부가 처음으로 함께 자는 잠이다. 여기서 꽃잠의 의미는 태어나자마자 죽음을 맞는 송아지의 잠으로 연결되고, 그걸 안타까워하는 어미 소의 안간힘으로 다시 전환된다. 사랑이라는 구태의연한 말에 꽃잠이라는 말을 입히고 싶다.

집에 못 가다

정희성

어린 시절 나는 머리가 펄펄 끓어도 애들이 나 없이 저희들끼리만 공부할까봐 결석을 못했다 술자리에서 그 이야기를 들은 주인 여자가 어머 저는 애들이 저만 빼놓고 재미있게 놀까봐 결석을 못했는데요 하고 깔깔댄다 늙어 별 볼일 없는 나는 요즘 그 집에 가서 자주 술을 마시는데 나 없는 사이에 친구들이 내 욕할까봐 일찍 집에도 못 간다 어떤 이는 공부하러 학교로 가고, 어떤 이는 놀기 위해 학교로 간다. 공부와 놀이 사이에서 사람은 늙는다. 시인은 자신을 늙어 별 볼 일 없다고 낮추지만 사실 그것은 시인에게 담백한 여유가 생겼다는 말일 것이다. 자주 술집을 간다는 건 아직 몸과 정신이 팔팔하다는 뜻이다. 친구들의 흥이 두려워 집에 못 가는 것도 아닐 것이다. 집이라는 매우 안정된 공간에 갇히고 싶지 않다는 뜻이다. 아직은 안보다는 바깥에 머무르고 싶다는 것, 즉 끄떡없다는 뜻이다. 이런 어르신들이 많아야 한다.

햇빛 속에

꽃밭에

누워

잠에 빠진

송아지

혓바닥으로

핥아주면

마당을 뛰어다니는

바람 속에

구름 아래

누워

일어나지 않는

송아지

11월

서정춘

단풍! 좋지만

내 몸의 잎사귀
귀때기 얇아지는
11월은 불안하다

어디서

죽은 풀무치 소리를 내면서
프로판가스가 자꾸만 새고 있을 11월

아메리카 원주민들의 달력에서 11월은 '모든 것이 다 끝난 것은 아닌 달'이라고 한다. 11월은 한해의 끄트머리로 가기 위해 이 것저것 준비를 해야 하는 시간이다. 특별한 기념일도 없고 휴가 계획을 짤 일도 없고 무던히 하던 일을 계속해야 하는 달이다. 살갗으로 겨울의 기운이 와 닿는 11월을 시인은 불안의 계절로 파악한다. 애당초 설계해 놓았던 일들은 시작도 하지 못했고, 돌아보면 야무지게 이루어 놓은 것도 없다. 그 불안의 이미지를 프로판가스가 새고 있을 것 같다고 청각화하면서 11월의 감각은 공감을 이끌어낸다. 11월, 길거리에 서서 어묵 국물이라도 훌훌 마실 일이다.

한점 해봐, 언니

한점 해봐, 언니, 고등어회는 여기가 아니고는 못 먹어, 산 놈
도 썩거든, 퍼덩퍼덩 살아 있어도 썩는 게 고등어야, 언니, 살이
깊어 그래, 사람도 그렇더라, 언니, 두 눈을 시퍼렇게 뜨고 있어
도 썩는 게 사람이더라, 나도 내 살 썩는 냄새에 미쳐, 언니, 이
불 속 내 가랑이 냄새에 미쳐, 마스크 속 내 입 냄새에 아주 미
쳐, 언니, 그 냄샐 잊으려고 남의 살에 살을 섞어도 봤어, 이 살
저 살 냄새만 맡아도 살 것 같던 살이 냄새만 맡아도 돌 것 같은
살이 되는 건 금세 금방이더라, 온 김에 맛이나 한번 봐, 봐, 지
금 딱 한철이야, 언니, 지금 아님 평생 먹기 힘들어, 왜 그러고
섰어, 언니, 여태 설탕만 먹고 살았어?

시인은 얌전한 척, 조신한 척, 고매한 척하는 것을 제일 싫어하는 사람이다. 김언희 시인은 한국 시의 안정적 형상 체계를 해체하고 뒤흔드는 일을 시업의 중심으로 삼아온 사람이다. 기괴하고 섬뜩한 상상력으로 만든 그의 언어들은 비겁하고 쩨쩨한 현실을 들쑤시고 비판하는 데 적격이었다. 싱싱한 고등어회가 썩는 살을 불러오고 나아가 내 살의 냄새로 번지는 과정에 한 점의 망설임도 없다. 직격탄이 아니면 탄환이 아니라는 듯 당돌하고 그 속도는 빠르다. 당신은 난데없는 쾌감에 주눅 들지 마시기를.

그렇게

김명수

꽃은 여러 송이이면서도 한 송이
한 송이이면서도 여러 송이
나무도 여러 그루이면서도 한 그루
한 그루이면서도 여러 그루
내가 너에게 다가가는 모습
한결같이
네가 나에게 다가오는 모습
한결같이
향기와 푸름과
영원함은 그렇게
꽃은 여러 송이이면서도 한 송이
한 송이이면서도 여러 송이
나무도 여러 그루이면서도 한 그루
한 그루이면서도 여러 그루

마치 불교의 게송偈頌 같은 느낌을 주는 시다. 개인과 집단, 혹은 나와 너의 관계는 이렇듯 떨어져 있으면서도 붙어 있고, 붙어 있으면서도 떨어져 결국은 하나의 공동체를 형성한다. 그래야만 조금도 부족함이 없는 원만구족圓滿具足의 세상을 이뤄 낼 수 있을 것이다. 가만히 소리 내어 읽으면 시의 안쪽으로 빨려 들어가는 경험을 하게 될지도 모른다. 사람도 여러 사람이면서도 한 사람, 한 사람이면서도 여러 사람.

나는 벌써

삼십 대 초 나는 이런 생각을 하며 살았다 오십 대가 되면 일에서 벗어나 오로지 나 자신만을 위해 살겠다 사십 대가 되었을 때 나는 기획을 수정하였다 육십 대가 되면 일 따위는 걷어차 버리고 애오라지 먹고 노는 삶에 충실하겠다 올해 예순이 되었다 칠십까지 일하고 여생은 꽃이나 뒤적이고 나뭇가지나 희롱하는 바람으로 살아야겠다

나는 벌써 죽었거나 망해버렸다

사람은 인생의 계획을 수정하면서 나이를 먹는가 보다. 마음먹은 것들은 이뤄지지 않았는데, 후회하면서 또 새로운 계획을 구상하는 일이 삶인지도 모르겠다. 마지막 행의 통찰이 아프고 서늘하다. 시인은 수포로 돌아간 시간을 죽음이라고 규정한다. 이 모든 게 노동과 관련이 있다. 꿈꾸는 대로 놀지 못하고 꾸역꾸역 일해야 하는, 늦게까지, 무언가를 위해 밥을 벌어야 하는 당신과 나.

꽃은 여러 송이이면서도 한 송이

한 송이이면서도 여러 송이

나무도 여러 그루이면서도 한 그루

한 그루이면서도 여러 그루

내가 너에게 다가가는 모습

한결같이

네가 나에게 다가오는 모습

사이

김수복

눈을 감고 하늘을 올려다보니

사이가 참 좋다

나와 나 사이

사람과 사람 사이
나무와 나무 사이
새들과 새들 사이
지는 해와 뜨는 해 사이

도착하여야 할 시대의 정거장이 있다면 더 좋다.

이것과 저것의 간격을 사이라고 한다. 또한 이것과 저것의 관계도 사이다. 간격이든 관계든 둘 다 거리 조정이 필수적이다. 거리 조정에 실패하면 다툼이 생기고 전쟁이 터지고 사람이 죽는 일도 벌어진다. 사이가 파괴되는 것이다. 마지막 행은 윤동주의 산문 「종시終始」의 한 구절이다. 정거장은 도착하는 지점이지만 새롭게 떠나는 지점이기도 하다. 그래서 나는 이 시에서 시인의 새로운 각오와 도전의 정신을 읽는다. 정거장은 편히 쉬는 곳이 아니다. 천리 길을 시작하는 곳이다.

우물

이영광

우물은,
동네 사람들 얼굴을 죄다 기억하고 있다

우물이 있던 자리
우물이 있는 자리

나는 우물 밑에서 올려다보는 얼굴들을 죄다
기억하고 있다

우물은 가장 깊고 음습하고 무서운 곳이었다. 사람들은 우물을 들여다보며 얼굴만 비춰 본 게 아니었다. 아, 하고 소리를 질러 본 사람, 침을 뱉어 본 사람, 돌멩이를 슬쩍 던져 본 사람, 사는 게 죄다 싫어 우물로 뛰어들어 버릴까 생각하던 사람도 있었다. 우물은 사람들의 젖줄이었고, 마을의 눈동자였다. 우리가 우물을 내려다본 게 아니었다. 우물이 우리를 올려다봤다. 물로 씻을 수 없는 우리의 상처와 허위와 치욕과 죄를 우물은 모두 알고 있었다. 기억은 사라지는 것이 아니라 우물처럼 깊이를 갖고 있다.

늙음

최영철

늘 그럼 하고 고개를 끄덕이는 것
늘 그럼그럼 어깨를 토닥여 주는 것
늘 그렁 눈에 밟히는 것
늘 그렁그렁 눈가에 맺힌 이슬 같은 것
늘 그걸 넘지 않으려 조심하는 것
늘 그걸 넘지 않아도 마음이 흡족한 것
늘 거기 지워진 금을 다시 그려 넣는 것
늘 거기 가버린 것들 손꼽아 기다리는 것
늘 그만큼 가득한 것
늘 그만큼 궁금하여 멀리 내다보는 것
늘 그럼그럼
늘 그렁그렁

늙는다는 것은 삶이 쇠퇴하고 하강하는 게 아니라는 걸 시인은 말하고 싶어 한다. 늙는다는 것은 무한한 긍정에 이르고 모든 것이 원만해지는 경지에 다다른다는 것. 대체로 말놀이는 허황된 느낌을 주기 일쑤인데, 시인의 말놀이에 우리가 고개를 끄덕이는 이유는 뭘까? 그것은 시에 깔려 있는 연민의 눈 때문이다. 연민은 가시가 없고 넘치지 않으며 언제나 둥그스름하다. 늘그막에 늘 '그럼그럼' 고개를 끄덕이고 '그렁'한 눈으로 세계를 본다면 얼마나 좋을까?

잔설

이정록

산 채로 털을 뽑다가 오리를 놓쳤다
털 뽑던 손아귀로 달포쯤 모이를 줬다
잔설의 몸뚱어리가 밥그릇 멀리 서성거렸다
깃털이 뽑혀나간 자리마다 얼음이 박혀 있는지
멍이 들어 있었다 물을 끓이고 잔털을 마저 뽑아내자
오죽 같은 무릎마디에서 피리소리 새어나왔다
꽥꽥거리던 트럼펫 안에 검은 피가 고여 있었다
뒤뚱뒤뚱 신물이 올라왔다 발톱이 찍혀 있던
마음 안팎에서 새싹처럼 소름이 돋았다

나는 오리 잡는 모습을 본 적이 없다. 이 시를 읽으면 그 광경이 바로 눈앞에 펼쳐지는 듯하다. 묘사의 힘이다. 오리를 죽이려고 했던 손으로 다시 오리에게 모이를 주는 손의 비애, 그 이중성을 뭐라고 이름 붙여야 할까. 오리의 몸에 남아 있는 몇 가닥의 흰 털을 시인은 '잔설'이라고 한다. 아직 채 녹지 못한, 구석진 응달에 남아 있는, 생의 마지막 안간힘 같은 그 잔설 말이다. 시인은 오리의 목을 트럼펫이라고 능청맞게 표현하지만, 시가 또렷하고 생생해서 이 세상의 오리들에게 괜히 미안해진다.

늘 그럼 하고 고개를 끄덕이는 것

늘 그럼그럼 어깨를 토닥여 주는 것

늘 그렁 눈에 밟히는 것

늪의 內簡體를 얻다

송재학

너가 인편으로 붓틴 褓子에는 늪의 새녘만 챙긴 것이 아니다
새털 미듭을 풀자 믈 우에 누웠던 兀羅 하늘도 한 움큼, 되새 떼
들이 방금 붉고간 발자곡도 구석에 꼭두서니로 염색되어 잇다
수면의 믈거울을 걷어낸 褓子 숍은 흰 낟달이 아니라도 문자향
이더라 ㅂ람을 떠내자 수생의 초록이 눈엽처럼 하늘거렸네 褓
子와 미듭은 초록동색이라지만 초록은 순순히 결을 허락해 머
구리밥 스이 너 과두체 內簡을 챙겼지 도근도근 미듭도 안감도
대되 雲紋褓라 몇 점 구룸에 마음 적었구나 흔 소숌에 游禽이
적신 믈방올들 내 손쏭에 미끄러지길래 부르르 소름 돋았다 그
만흔 고요의 눈찌를 보니 너 담담한 줄 짐작하겠다 빈 褓子는
다시 보닌다 아아 겨을 늪을 褓子로 싸서 인편으로 받기엔 어름
이 너무 차겠지 向念

* 언니가 여동생에게 보내는 내간체의 느낌을 위해 본문에 남광우의 『교학고어사전』(교학사, 1997
년)을 참고로 한 고어 및 순우리말과 한자말 등을 취사했다.
** 현대어 본문은 다음과 같다.
　너가 인편으로 부친 보자기에는 늪의 동쪽만 챙긴 것이 아니다 새털 매듭을 풀자 물 위에 누웠던
兀羅 하늘도 한 움큼, 되새 떼들이 방금 밟고 간 발자국도 구석에 꼭두서니로 염색되어 있다 수면
의 물거울을 걷어낸 보자기 속은 흰 낮달이 아니라도 문자향이더라 바람을 떠내자 수생의 초록이
새순처럼 하늘거렸네 보자기와 매듭은 초록동색이라지만 초록은 순순히 결을 허락해 개구리밥
사이 너 과두체 내간을 챙겼지 도근도근 매듭도 안감도 모두 雲紋褓라 몇 점 구름에 마음 적었구
나 삽시간에 游禽이 적신 물방올들 내 손등에 미끄러지길래 부르르 소름 돋았다 그 많은 고요의
눈맵시를 보니 너 담담한 줄 짐작하겠다 빈 보자기는 다시 보낸다 아아 겨울 늪을 보자기로 싸서
인편으로 받기엔 얼음이 너무 차겠지 向念

130

낯선 한글 표기와 한자어에 놀라지 말고 천천히 새겨 읽어야 한
다. 시인은 일부러 조선시대 여성들의 한글 문체인 내간체의 표
기 방식을 활용해 기막히게 아름다운 시 한 편을 완성했다. 보자기를
보낸 여동생에게 언니가 보내는 답장 형식이다. 여동생은 그 보자기에
무얼 싸서 보냈나? 그건 늪의 풍경이다. 자매지간에 마음과 마음을 혜
아리는 품격이 마치 고요한 초록 늪의 그것과 닮았다.

사춘思春

정끝별

말랑말랑한 곳에 털이 날 무렵
달리는 발바닥에 잔뿌리가 내릴 무렵
손거울에 돋는 꽃눈을 세다 풋잠에 들 무렵

뒷다리 떨며 뒷담을 기웃댈 무렵
꽃술에 노래를 꽂고 밥상에 앉을 무렵
때 묻은 풍선껌을 터뜨리다 토막잠에 들 무렵

날갯죽지에 바람이 들 무렵
창궐하는 것들과 한패가 될 무렵
부푸는 덤불숲을 헤치다 등걸잠에 빠져들 무렵

사로잡힌 일진一陣의 첫 봉오리들

사춘기—불안과 기대와 설렘과 흥분과 몰두와 일탈이 뒤섞인 채로 나타나는 시기. 비유들이 오종종 귀엽다. 마치 만개하기 직전의 꽃봉오리를 들여다보며 그것을 그린 것 같기도 하다. '풋잠, 토막 잠, 등걸잠' 같은 우리말이 나긋나긋하게 눈에 들어온다. 무엇에 사로 잡힌다는 것, 그것은 심장이 삶을 계속 의욕적으로 밀고 가라는 신호다. 무엇에 사로잡히지 못하는 사람은 뒤를 돌아본다. 가야 할 길보다 지나온 길을 바라보는 사람은 슬프다. 그래, 가야할 길이 많다고 생각한다면 여전히 사춘기라는 거다.

석유

어려선 그 냄새가 그리 좋았다
모기를 죽이는 것도
뱃속 회충을 죽이는 것도 그였다
멋진 오토바이를 돌리고
삼륜차 바퀴를 돌리고
누런 녹을 지우고 재봉틀을 매끄럽게 하던
미끈하고 투명한 묘약
맹탕인 물과는 분명히 다르고
동동 뜨던 그 오만함도, 함부로 방치하면
신기루처럼 날아가버리던 그 가벼움도 좋았다
알라딘의 램프 속에 담겨진 것은
필시 그일 거라 짐작하기도 했다
개똥이나 소똥이나 물레방아나
나무장작과 같은 신세에서 벗어나
그가 있는 곳으로 가고 싶었다 그렇게
기름때 전 공장노동자가 되었다
빨아도 빨아도 지워지지 않는 얼룩도
그의 것이라는 것을 알았다

우리의 근대는 서양의 석유가 한반도에 들어오면서 시작됐다고 해도 과언이 아니다. 석유는 기계문명과 자본주의라는 경제 체제를 데리고 들어왔다. 우리는 편리해졌고, 그리하여 우리는 곧 석유에 잠식당했다. 이제는 석유라는 에너지의 힘 없이는 하루도 버티기 힘들게 됐다. 이 시에서 공장 노동자의 얼룩은 작업복의 기름때만을 의미하지 않는다. 얼룩은 자본주의 체제 안에서 노동자의 숙명을 상징하는 시어다.

더 쨍한 사랑 노래

황동규

그대 기척 어느덧 지표地表에서 휘발하고
저녁 하늘
바다 가까이 바다 냄새 맡을 때쯤
바다 홀연히 사라진 강물처럼
황당하게 나는 흐른다.
하구河口였나 싶은 곳에 뻘이 드러나고
바람도 없는데 도요새 몇 마리
비칠대며 걸어다닌다.
저어새 하나 엷은 석양 물에 두 발목 담그고
무연히 서 있다.
흘러온 반대편이 그래도 가야 할 곳,
수평선 있는 쪽이 바다였던가?
혹 수평선도 지평선도 여느 금도 없는 곳?

사랑하는 이의 기척이 사라졌다는 것은 그와 내가 끌고 온 시간에 쨍하고 금이 갔다는 거다. 그의 숨소리를 들으며 그의 머리카락을 헤아리던 마음은 도요새와 저어새 같은 뻘의 풍경 쪽으로 거처를 옮긴다. 이 시의 핵심은 마지막 석 줄이다. '그래도'에 담긴 어찌할 수 없는 한숨 소리를 들어야 한다. 그 모든 경계가 사라진 쪽으로 '그래도' 가야 하는 운명을 읽어야 한다. 강이 지평선을 버리고 바다에 이르면 강이라는 이름을 떼어내고 바다로 스며들 듯이.

말랑말랑한 곳에 털이 날 무렵

달리는 발바닥에 잔뿌리가 내릴 무렵

손거울에 돋는 꽃눈을 세다 풋잠에 들 무렵

서릿발

송종찬

담배공장에서 일하시던 아버지는
담배를 끊으시려 은단을 자주 드셨다

붉은 마리화나를 피우던 나무들이
금단현상인 듯 잎을 떨구고 있다
빈 가지에 맺힌 은단 같은 서릿발

세상과 세상 사이에 보이지 않는
점들이 무수히 깔려 있다
한때는 불꽃의 사금파리였을

오십 넘어 노안은 찾아오고
멀리도 가까이도 볼 수 없는 지점의
눈 감으면 선명해지는 것들

상강霜降, 24절기 가운데 서리가 내리기 시작할 무렵이다. 추수는 끝나고 벌레는 땅속으로 숨고 나무는 성장을 멈춘다. 나무에 맺힌 은단, 서리가 눈에 보이기 시작하면 사람 나이 오십 줄을 넘기고 있다는 뜻이다. 그의 주머니에 은단이 자리 잡는 때도 그 무렵이다. 담배를 끊고 술을 끊고 애욕으로부터 벗어나려고 하지만 눈 감으면 선명해지는 것들이 많아지는 나이. 시에서 나이를 만나면 서러워질 때가 있다.

벼랑의 나무

안상학

숱한 봄
꽃잎 떨궈
깊이도 쟀다

하 많은 가을
마른 잎 날려
가는 곳도 알았다

머리도 풀어헤쳤고
그 어느 손도 다 뿌리쳤으니
사뿐 뛰어내리기만 하면 된다

이제 신발만 벗으면 홀가분할 것이다

깎아지른 벼랑 바위틈에 뿌리를 내리고 사는 사람이 있다. 한 번도 상승해보지 않은 그의 삶은 늘 그대로다. 벼랑의 높이는 그에게 죽음의 깊이다. 모든 집착과 미련을 버리고 하루에도 몇 번씩 벼랑에서 뛰어내리고 싶었을지 모른다. 신발만 벗는다면 그는 낙하하는 한 점 꽃잎이 될 것이었다. 그러나 신발이라는 마지막 끈은 그를 벼랑에 단단히 옭아 묶고 그를 놓아주지 않는다. 삶이란 죽음보다 질겨서.

꽃 핀 저쪽

최정례

가끔은
나무 뒤에서 사슴이 튀어나오더군
그렇게 말하고 싶었어요

그러나 영
튀어나오지 않으면 어쩌나

그래도 한 번쯤은 튀어나오지 않겠어요

사슴이 튀어나와 어리둥절했고
그 순간
나도 사슴의 뿔을 뒤집어쓰고 있었다구요
무거운 줄은 몰랐어요

정말로 그렇게 말하고 싶었어요

발화자가 말하고 싶은 말의 내용이 중요한 게 아니다. 말은 반드시 준비된 절차를 통해 밖으로 꺼내지는 게 아니라 무의식을 통해서도 입 밖으로 나오는 것이다. 나무 뒤에서 사슴이 튀어나왔다고 무의식적으로 말하고 싶은 마음은 이내 의식의 지배를 받는다. 그렇지만 시인은 그 의식을 물리치고 무의식의 편이 되려고 한다. 그래야만 발화자가 사슴이 되는 참으로 놀라운 경험을 하게 된다. 정말로 그렇게 말하고 싶은 게 나에게는 무엇이 있을까?

가족의 시작

김주대

여자가 아기의 말랑한 뼈와 살을 통째로 안고

산후조리원 정문을 나온다 아직

아기의 호흡이 여자의 더운 숨에 그대로 붙어 있다

빈틈없는 둘 사이에 끼어든 사내가

검지로 아기의 손을 조심스럽게 건드려 본다

아기의 잠든 손이 사내의 굵은 손가락을

가만히 움켜쥔다

한 장의 가족사진 같다. 아기는 연약하고 엄마는 출산의 고통에 서 아직 채 빠져나오지 못한 상태다. 그럼에도 사내의 손을 움 켜쥐는 아기의 손은 매우 강력한 에너지를 품고 있다. 마치 철근이라도 구부러뜨릴 만한 에너지다. 그것은 가족의 인연이 시작된다는 뜻이기 도 하지만 아기와 우주가 소통을 시작했다는 뜻도 된다. 이 짧은 시를 읽고 나서 독자는 제목을 다시 들여다본다. 그리고는 이 가족에게 따스 한 축복의 메시지라도 건네고 싶어진다. 구구절절 설명하거나 감정을 드러내지 않고 이렇게 울림이 큰 풍경을 그려 낼 수 있다는 것, 바로 시 의 힘이다.

이제 신발만 벗으면 홀가분할 것이다

별이 사라진다

천양희

나는 1초에 16번 숨쉬는데
별은 1초에 79개씩 사라진다
내 심장은 하루에 10만 번 뛰는데
별은 1초에 79개씩 사라진다
죽을 때 빠져나가는 내 무게는 21그램인데
별은 1초에 79개씩 사라진다
나는 1분에 0.5리터 공기를 마시는데
별은 1초에 79개씩 사라진다
내 심성은 7년마다 한 번씩 바뀌는데
별은 1초에 79개씩 사라진다
나는 하루에 12번 웃는데
별은 1초에 79개씩 사라진다

별은 세상에 마음이 없어 사라지고
세상에 마음이 있어 사람들은 무섭게 모여든다

"별은 1초에 79개씩 사라진다"는 문장이 여섯 번이나 반복되는 데도 반복의 지겨움이 느껴지지 않는 이유가 뭘까? 그것은 '나'라는 화자의 현실과 별의 현실이 극명하게 대비되어 있기 때문일 것이다. 오로지 살기 위해 숨을 쉬고 웃는 '나'에 비해 우주의 별은 표표히 흔적을 남기지 않고 사라진다. 별은 별이어서 사라지는 데 두려움이 없다. 하지만 우리는 욕망을 채우기 위해 이 속세에 꾸역꾸역 모여들고.

풍장

눈 펄펄 오는
아득한 벌판으로
부모 시신을 말에 묶어서
채찍으로 말 궁둥이 힘껏 때리면
그 말 종일토록 달리다가
저절로 말 등의 주검이 굴러떨어지는 곳
그곳이 바로 무덤이라네
남루한 육신은
주린 독수리들 날아와 거두어가네
지친 말이
들판 헤매다 돌아오면
부모님 살아온 듯
말 목을 껴안고 뺨 비비며
뜨거운 눈물
그제야 펑펑 쏟는다네
눈 펄펄 오는 아득한 벌판을
물끄러미 내다보는
자식들 있네

중국 서역 쪽 사람들의 장례 의식인 풍장風葬은 무심한 듯 보이면서 비장하다. 시신을 매장하거나 화장하지 않고 초원 한가운데 그대로 갖다 버린다. 버리는 게 아니라 지상에 모시는 거다. 바람 속에 방치하는 것이다. 인간의 몸이 야생 독수리와 들짐승의 생명으로 다시 이어지는 과정이 풍장이다. 그 과정은 기억과 인연의 기름때를 바람에 날려 버리는 것과 같다. 그들에게 지평선은 언제나 삶의 울타리면서 또 무덤이겠다.

그루터기

박승민

벼를 베어낸 논바닥이 누군가의 말년 같다

어느 나라의 차상위계층 안방 속 같다

겨울 내내 그루터기가 물고 있는 것은 살얼음 속의 푸르던 날

이 세상 가장 아픈 급소는 자식새끼가 제 약점을 고스란히 빼다 박을 때

그래서 봄이 오면 농부는 자기 생을 이식한 흉터를 무자비하게 갈아엎고 논바닥에 푸른색 도배를 하는 것이다

등목을 하려고 수건으로 탁, 탁 등을 치는 순간 감쪽같이 그의 등판에 업혀 있는 그루터기들

곡식이나 나무를 베어내고 남은 자리를 그루터기라고 한다. 잘려나간 식물의 본적지 같은 곳. 추수 끝난 빈 들판을 지키는 건 그루터기다. 시인은 잘린 벼 밑동을 오래 들여다본 모양이다. 5행에서 논을 갈아엎는 농부가 등장하면서 시는 아연 활력을 충전한다. 그러다가 마지막 6행에서 등짝의 수건 자국을 그루터기로 인식하는 기발한 감각을 보여준다. 발견을 감각적으로 인식하는 시인의 눈이 매섭다.

별 닦는 나무

공광규

은행나무를
별 닦는 나무라고 부르면 안 되나
비와 바람과 햇빛을 쥐고
열심히 별을 닦던 나무

가을이 되면 별가루가 묻어 순금빛 나무

나도 별 닦는 나무가 되고 싶은데
당신이라는 별을
열심히 닦다가 당신에게 순금 물이 들어
아름답게 지고 싶은데

이런 나를
별 닦는 나무라고 불러주면 안되나
당신이라는 별에
아름답게 지고 싶은 나를

모든 사랑은 이렇듯 순정하고 맹목적이다. 오로지 당신이라는 대상을 향해 감각이 열려 있고, 당신과의 동일성을 꿈꾸며 앞으로 나아간다. 사랑하면서 최초에 마음먹은 일을 끝까지 유지하고 그 사랑을 마무리하려는 자세는 어찌 보면 어리석은 일일 수도 있다. 원래 꿈꾸면 일이 완전한 결과물을 갖는 경우는 드물기 때문이다. 그럼에도 이 시에 마음이 움직이고 어떤 사람을 떠올린다면 당신은 사랑하고 있다는 거다. 그러니 사랑하라, 아름답게 질 때까지.

나는 1초에 16번 숨쉬는데

별은 1초에 79개씩 사라진다

내 심장은 하루에 10만 번 뛰는데

별은 1초에 79개씩 사라진다

2014
SHIN
CHEOL

배롱나무의 안쪽

안현미

　마음을 고쳐먹을 요량으로 찾아갔던가, 개심사, 고쳐먹을 마음을 내 눈앞에 가져와 보라고 배롱나무는 일갈했던가, 개심사, 주저앉아버린 마음을 끝끝내 주섬주섬 챙겨서 돌아와야 했던가, 하여 벌벌벌 떨면서도 돌아와 약탕기를 썻었던가, 위독은 위독일 뿐 죽음은 아니기에 배롱나무 가지를 달여 삶 쪽으로 기운을 뻗쳤던가, 개심사, 하여 삶은 차도를 보였던가, 바야흐로 만화방창萬化方暢을 지나 천우사화天雨四花로 열리고 싶은 마음이여, 개심사, 얼어붙은 강을, 마음을 기어이 부여잡고 안쪽에서부터 부풀어 오르는 만삭의 속세의 일 때문에 주저앉은 마음을 추스르고 싶어 개심사에 갔나 보다. 그래도 마음은 쉽게 열리지 않았나 보다. 죽음과도 같은 어떤 고통스러운 일이 그의 몸과 마음을 훑고 지나갔으리라. 개심사는 배롱나무가 유명하다고 한다. 이 나무는 표피가 유난히 매끈하다. 여름날 백일 동안 꽃을 피운다고 해서 백일홍으로 부르기도 한다. 화자는 꽃을 달고 서 있지 않은 겨울 배롱나무가 안쪽에서부터 부풀어 오르고 있음을 직감한다. 아픔을 견디면 언젠가는 만물이 생동하고 꽃들이 사방에 비 오듯 내리는 날이 올 거라고 믿는다. 세상을 한 바퀴 휘돌아 나온 자의 성찰이 느껴지는 시다. 그래서 산문시인데도 묵중한 리듬이 느껴진다.

12월

유강희

12월이 되면 가슴속에서 왕겨 부비는 소리가 난다
　빈집에 오래 갇혀 있던 맷돌이 눈을 뜬다 외출하고 싶은 기
미를 들킨다

　먼 하늘에선 흰 귀때기들이 소의 뜨거운 눈망울을 핥듯 서나
서나 내려온다
　지팡이도 없이 12월의 나무들은
　마을 옆에 지팡이처럼 서 있다

　가난한 새들은 너무 높이 솟았다가
　그대로 꽝꽝 얼어붙어 퍼런 별이 된다

　12월이 되면 가슴속에서 왕겨 타는 소리가 나고
　누구에게나 오래된 슬픔의 빈 솥 하나 있음을 안다

12월에 가슴으로 왕겨 부비는 소리를 듣는 시인의 귀가 참 맑다. 알곡을 모두 떠나보내고 헛헛하게 껍질만 남은 왕겨는 무슨 생각을 할까. 어느 가난한 아궁이로 들어가 다시 따뜻하게 구들을 덥히게 될 자신의 역할을 짐작할까. 12월에는 그 아궁이의 솥을 비워두지 말 일이다. 물이라도 끓여서 온기를 만들자. 슬픔의 빈 솥이 혼자 있게 내버려두지 말자.

억새풀

암소가 뜯어먹은 억새풀
암소 이빨 자국을 밀어붙인다
암소 이빨 자국을 뿌리에서
최대한 멀리로 밀어붙인다

연한 억새풀 억세게
양날을 세운 칼날에
톱날을 갈아 세운다

칼끝이 잘린 칼자루 속으로
이슬방울이 들어가 숨는다
이 세상은 칼집인 것이다

시인의 세밀한 관찰은 아무렇지도 않은 일에 생생한 윤기를 부여한다. 암소가 뜯어먹은 억새풀을 유심히 들여다보는 사람은 별로 없다. 보통 사람들은 가을이 되어 억새가 꽃을 달고 흔들리기 시작해야 그게 억새인 줄 안다. 풀잎의 끄트머리를 뜯어 먹혔지만 억새는 계속 자라고 시인은 거기서 톱날을 발견한다. 칼자루와 같이 날카로운 억새 대궁에 깃드는 이슬은 무엇인가. 모든 연약하고 가녀린 것들과 칼집의 대조가 선명하다.

노독

이문재

어두워지자 길이
그만 내려서라 한다
길 끝에서 등불을 찾는 마음의 끝
길을 닮아 물 앞에서
문 뒤에서 멈칫거린다
나의 사방은 얼마나 어둡길래
등불 이리 환한가
내 그림자 이토록 낯선가
등불이 어둠의 그늘로 보이고
내가 어둠의 유일한 빈틈일 때
내 몸의 끝에서 떨어지는
파란 독 한 사발
몸속으로 들어온 길이
불의 심지를 한 칸 올리며 말한다
함부로 길을 나서
길 너머를 그리워한 죄

한 해의 끄트머리에 읽기 좋은 시다. 오로지 한곳을 향해 질주해 온 이에게 길은 그만 내려서라고 한다. 어둠 속에서 등불 앞에 가만히 앉아 보라고 한다. 몸속에 길을 쌓으며 살아온 독 같은 시간을 돌아보라는 것이다. 마지막 두 줄은 속도를 버리고 마음을 다독인 끝에 얻게 된 뼈아픈 성찰이다.

등꽃이 필 때

김윤이

목욕탕 안 노파 둘이 서로의 머리에 염색을 해준다
솔이 닳은 칫솔로 약을 묻힐 때 백발이 윤기로 물들어간다
모락모락 머릿속에서 훈김 오르고 굽은 등허리가 뽀얀 유리알
처럼
맺힌 물방울 툭툭 떨군다 허옇게 세어가는 등꽃의
성긴 줄기 끝, 지상의 모든 꽃잎
귀밑머리처럼 붉어진다
염색을 끝내고 졸음에 겨운 노파는 환한 등꽃 내걸고 어디까
지 가나
헤싱헤싱한 꽃잎 머리 올처럼 넘실대면 새물내가 몸에 배어
코끝 아릿한 곳
어느새 자욱한 생을 건넜던가 아랫도리까지 겯고 내려가는 등
걸 밑
등꽃이 후드득, 핀다

얼마 전 소읍의 미용실에 머리를 깎으러 간 적이 있다. 미용사는 60대 후반쯤의 노인이었다. 매우 친절했고 조곤조곤 말을 걸어 왔는데, 나이가 거의 느껴지지 않았다. 미용실 안에는 김장거리가 쌓여 있었다. 힘들어서 올해까지만 김장을 하겠다고 했다. 머리를 깎는 사이 언니, 언니 하면서 몇 분 노인들이 들어왔다. 그분들은 모두 립스틱을 바르고 멋진 스카프를 두르고 있었다. 미용실이 등꽃 같았다.

가난한 새들은 너무 높이 솟았다가

그대로 꽝꽝 얼어붙어 퍼런 별이 된다

이 시를 그때 읽었더라면

1판 1쇄 펴낸 날 2019년 2월 28일
1판 8쇄 펴낸 날 2024년 6월 20일

엮은이 안도현
펴낸이 김완준

펴낸곳 모악

출판등록 2016년 1월 21일 제2016-000004호
이메일 moakbooks@daum.net

ISBN 979-11-88071-18-0 03810

* 이 도서의 국립중앙도서관 출판예정도서목록(CIP)은 서지정보유통지원시스템 홈페이지(http://
  seoji.nl.go.kr)와 국가자료공동목록시스템(http://www.nl.go.kr/kolisnet)에서 이용하실 수 있습
  니다.(CIP제어번호: CIP2019004169)

* 이 책의 내용을 재사용하려면 모악의 서면 동의를 받아야 합니다.

값 12,000원